歌集

朝陽

沢野唯志

歌集　朝陽　目次

第一部　朝陽

歌集　朝陽

カバー・扉・章題頁装画　著者

第一部 朝陽

2014. 8. 4
東京インターハイ
有明コロシアム
T. Sawano
GAME
平成26年度 全国高等学校体育大会テニス競技
第71回全国高校テニス対抗大会 第104回全国
POCARI

決戦前夜

空蟬のライトに透けて輝けり決戦前夜のコートの静けさ

月冴えてセンターコートに影長しラリーの音と歓声響む

十五より見知らぬ土地で生活しインターハイの勝者となりぬ

檜扇はぬばたまとなり地に落ちて百日紅の花炎天に咲く

瓶割坂下りて左に雨宝院日傘の親子に犀川光る

引き際を告げて一人で飲む宵は薩摩切子に冷酒が満ちる

筋肉の点滅信号無視をしてスマッシュを打ち激痛走る

ひらめ筋ハムストリングの痛み癒え輝くコートに一歩踏み出す

ネクタイも名刺交換祝辞なくしがらみもなき高校同窓会

四歳から八十代までのテニスの日高齢のかうは幸せと書く

無名塾の数なき幟もはためきて開演間近の能登演劇堂

舞台奥の扉は広く開かれぬ森の香満ちて一人芝居を待つ

朝靄を突き抜けかもめは青空へ急降下して光となりぬ

娘が二人その娘も二人娘を生みて女七人の隅で息する

開票の結果知りたる吹雪く夜フランクルの本読みて眠れず

白波は屛風となりて砕け散りしぶきにけむる岬の灯台

海近く長き石段の雪を掻く巫女の緋袴風に揺れたり

幻の白山

幻の白山けむる湖に来て薄氷の下生命は宿る

翡翠《かはせみ》は一瞬青く輝きて水切り魚をついばみて飛ぶ

全員がマスクかけたる教室の黒板の隅「センターまであと三日」

難破船に一人さ迷ふ心地して美術館に観る夜の画家たち

境内に竹割る音と香の満ちて半裸の若き等火焰跳び越ゆ

青き竹打ち叩かれて割れ砕け雄叫び高く神と空舞ふ

大縄は大蛇となりてとぐろ巻き白装束に引き廻されぬ

親指を立てた形の石川に春を運びて新幹線来る

戦争を語らぬ父は輜重兵《しちょうへい》遺品の行李に黒きガスマスク

嗚呼我と同級生なる憲法を蔑むなかれ若き宰相

新幹線つながり寂しき空港に戦闘機を待ち離陸遅れる

壁打ち

誘はれしテニスをやんはり断りて壁打ちサーブを一人で百本

風花にクラリネット吹く女生徒は卒業の日に手話で語れり

事故跡に花を手向けて祈りをる老夫婦の背に木蓮白し

初任の地輪島はやさし土までも終着駅の先はシベリア

森揺れてゲバラの顔が浮き上がり朝霧深き湖を漕ぎゆく

麦熟れて青田清しき白山に雪形遥か今年は豊作

数値にて異変知りたるドック終へ棟方志功の天女に会ひたし

呼び鈴はつばめ調査の小学生「今年も来たね」と瞳かがやく

バリケードの中に身を寄せ「自由大学」に鶴見俊輔未来を語る

金沢の赤き煉瓦の博物館陸軍兵器庫美大跡なり

闇迫り冷気漂ふナイトＺＯＯ動物たちは野生に戻る

挽きたての珈琲豆の香は満ちてステンドグラスの夏日は青し

ぬばたまは月をまとひて地に落ちぬ強行採決胸騒ぎの夜

声潜め反戦平和を語る時不透明さに馴らされ萎えて

暖簾をくぐる

この寿司は小松弥助の弟子の店街の外れの暖簾をくぐる

角の奥いつもの席で一息し九谷で熱燗酒は常きげん

三杯酢香箱蟹が出てきたり甲羅に並ぶ子と味噌と身　美味

寒ブリと甘えび平目の刺身には越前大野の山葵《わさび》を合はす

お銚子のおかはりするとすつと出る白子と柚子の小振りの握りが

トンネルを抜けて越前牛ノ谷《うしのや》へ時雨の森の山柿赤し

安保法許しはしないと雨のデモ犀星の碑を過ぎ濁流を聞く

三色のチョークを持ちて背を伸ばしセンター試験の小説を解く

来年も非常勤講師を頼まれて手帳とネクタイ明るきを買ふ

跳ね上がり叫びささやくバチさばき子供太鼓は心の鼓動

ゴミ出しもなぜか楽しいビンの日は白黒緑とアートに並べる

白夜のごとき太陽

吹雪去り白夜のごとき太陽に光をまとひ白鳥は飛ぶ

黒板に吸ひつき滑る書き心地羽衣チョークの白き優しさ

野球部の掛け声響く放課後に机を並べて小論文を読む

吹雪く窓Kの自殺の授業終へ女生徒二人とエゴを語りぬ

電線を五線譜にして寄り添ひてふくら雀は吹雪に耐へをり

新幹線上野で降りてボッティチェリの優しき聖母の微笑みに会ふ

ライオンと５５１７彷徨ひて夜の銀座のネオンは揺れる

大都心轟音の中疾走し地を裂き喘ぐ車いすマラソン

時空超え鯨は潮吹き鶏は鳴く若冲に酔ひ闇を漂ふ

亡き父の團十郎の意志継ぎて海老蔵は立つ安宅関跡

赤蜻蛉去りて微笑む老夫婦秋も深まるベンチの風景

あまりにも早き別れとノーサイド平尾誠二よ華麗なステップ

障害を持つ弟は猫と住みエプロン白くペダル漕ぎ行く

対抗戦

半世紀超えてテニスの対抗戦試合開始に若きときめき

紅葉のコートは輝き胸張りて古希のサーブに落葉も笑ふ

この一球決めれば勝利とスマッシュしパチンと痙攣コートに崩る

握手して互ひの健闘讃へたり足の痛みも清しい敗戦

白山に有明の月青く浮き光をまとひてコハクチョウ翔ぶ

逆光の長き影ひき海に立つ安宅の関に日矢さす元旦

臥す我に「受けてくれよ」と電話鳴り「君とならやる」布団を跳ねる

鴨池に鳥インフルの影長く坂網猟師のため息深し

父母《ちちはは》の葬儀と法要頼みたる僧侶の友の訃報を知りぬ

正信偈雪の古寺に響みたり蠟燭揺れてひしめく人の輪

たをやかな白山雪に隠れたり霊柩車の音野辺送りの列

冬将軍

冬将軍マイナス五十の息白く日本海の風雪猛し

雪の声闇の静かに深々と一夜降り積み一メートルの壁

引きこもり七日続きの休校にリュックを背負ひ買ひ出しに行く

腰入れて堅雪割りて放り出す日々鍛錬と思へば楽し

有明の月皓々と除雪車の地ひびき迫り歓声起こる

硬き空ほどけて洩れる薄き陽に胡蝶侘助残雪に舞ふ

黒縁のメガネに替へて息白し父より一日生きし朝は

除雪して古希の仲間とテニスする白山見ゆるコート輝き

筋肉は瑞々しきかな百回のスクワット百日蘇へる日々

負荷かけて練習すれば怪我をして無理して試合で肉離れする

七十歳ひな鳥テニスと思ひ知る芦屋グランドベテランテニス

九十三歳ボレースマッシュ鮮やかに涼しい顔で肉の朝食

種飛びて排水溝に青き星忘れな草咲く人知れず咲く

鶸萌黄《ひはもえぎ》　青白橡《あをしろつるばみ》　深縹《ふかはなだ》　森の先には岬の灯台

古代桜

この花は村人達が見守りぬ古代桜と菜の花清し

廃駅の古代桜は闇に舞ひ菜の花の蝶羽を休める

水を張る田毎に夕陽輝きて葉桜となり白山霞む

鰤起こし閃光間近にとどろきて師走に始まるドームの練習

親も子もコーチも踊る湯気立ててエアロビクスに心ほどける

反省会寒鰤甘えび白子の酢香箱蟹に手酌の熱燗

風となり聖火と走りし加賀平野一九六四先のオリンピック

自己採点終へて教室静まりぬ白山微笑む丘の学舎は

お雑煮は合鹿椀《がふろくわん》の輪島塗鮭とイクラの新潟風なり

雪の朝斬首のごとき赤き花胡蝶侘助潔く散る

目白きて紅梅白梅きびきびと蜜吸ひ友呼び鋭く啼きぬ

二・二六に生まれし我ゆゑ黒板に斎藤史の濁流を書く

休校を報道で知りし教師らは奪はれし時未来へ手繰《たぐ》る

公園は爺婆孫で花盛り片手であいさつ離れて遊ぶ

マスク

全身にマスクをしたる木蓮に白山霞み柳は芽吹く

雨晴《あまばらし》海岸よぎる鳥の影立山連峰海にそびゆる

距離空けて息をひそめてすれ違ふマスクの人みな眼鋭し

白山を望む広場にマット敷き男は静かにメッカに祈る

休業の銀座のバーより届きたる「はちみつウヰスキー」コロナに負けじと

手洗ひの柄杓も鈴も無き神社マスクの巫女待つお朔日参り

県境を越ゆる手形も要るといふ安宅の関の弁慶笑ふ

初授業教科書の香を深く吸ふ非常勤講師十三年目の初夏

生徒らを偶数奇数に分散し窓開け席空け模試は始まる

施錠され入場禁止の札は濡れテニスコートに烏はスキップ

理由なき任命拒否とはだしのゲン廊下の奥には新たな戦前

闇に輝く

どくだみの闇に輝く十字架に祈り香に酔ふ独酌の日々

百年に一度の雨が今日も降る暴雨の大蛇のとぐろ巻く島

八代海に流れし木彫りのニポポ像球磨川下流の捜索見守る

検温し茅の輪くぐりの列につく基地の轟音祝詞を破りて

距離空けて中三高三集ひたり涙と未来にエールを送る

消毒剤コートに置きてプレーするラリーと拍手の音のみ響む

ハイタッチ握手はせずに空見上げラケットタッチし心を一つに

空蟬の足はむんずと葉を摑み透明の眼は虚空を睨む

襲はれし蟬はチチッと声残し羽一枚のみ舞ひて地に落つ

アルプスに夕陽輝くテニスクラブ我がスケッチはここに飾らる

ジェット機にキバナコスモス細く揺れうろこ雲へとサーブを放つ

ペア組みて五十五年目エース決めラケットタッチの笑顔はすがし

狛犬も大きなマスクにくさめして朔日参りもソーシャルディスタンス

イッタラの花瓶に活けし吾亦紅ヤモリも窓に張り付きて見る

校庭の隅

市街地をさ迷ふ子熊の声探し親は撃たれぬ校庭の隅

「熊出たぞ」空をつんざく叫び声ただ立ちすくみ息のむ静寂

熊除けの鈴山あひの野に響き教師と手つなぎ集団登校

マスクしてフェイスシールド距離空けて選歌は始まる文芸コンクール

自粛開け笑顔優しき珈琲店濃き紫のエスプレッソを飲む

日常にファッショの影が忍び寄る『夜と霧』読む紅葉散る窓

鰤起こし雷鳴り吹雪く夜は明けて逆光のなか冬桜咲く

中庭の菩提樹の声風に冴え吹雪とともに朝礼始まる

テスト終へ学校ピアノに背を伸ばしソナタは響む雪の放課後

来る春も教壇に立つうれしさよ胸張り進む生徒に声掛け

十三年講師の部屋の主《ぬし》となり教へ子の子と同僚になる

白山に斧をかざして蟷螂は雄食む朝の雪に翔びたつ

夜明け前光と地響き迫り来て除雪車三台雪壁砕く

ベトナムの行員作りし雪だるま両手広げて雪空仰ぐ

巫女運ぶ難関突破の巨大絵馬受験間近のお朔日参り

テニス終へ友と並びて自撮りする遺影にせむと共に笑ひて

多喜二忌の頬骨高きデスマスク任命拒否の晦《くわい》冥《めい》深し

狛犬も巫女もマスクのお朔日参り福豆たまひて一人の節分

銀座のバーは愛しく遠し自粛の夜雪のこたつにラフロイグを飲む

鴨たちもそはそはしたら北帰行白山光り桜咲くころ

どの鳥の合図で北へ帰るらむ鳴き声近くさざなみ寄せる

湖畔には若竹・鶸緑・淡萌黄・柳葉裏と緑が冴える

女生徒にネクタイ褒められ照れてゐるマスクに隠れし笑顔思ひて

川面をたたく

さつと上げいさざの光る四つ手網能登の漁師は川面をたたく

白山の雪形探す湖《うみ》の風燕を追ひてカヌーはすべる

猿の顔僧侶の雪形現はれてカヌー五輪の合宿始まる

ノウルシとふ絶滅危惧種も群生し生命の萌ゆる湖畔を歩く

試合前強き言葉も欲しいらし練習終へて深くうなづく

息殺し時報の瞬間クリックす残りはわづかワクチン予約

今朝届く銀座の蜂蜜ウヰスキー休業告げる小さきバーより

野に咲けば風景となる草花も人格をもつ朝の花瓶に

王妃の名女優の名をもつ薔薇の花園にさ迷ひ白きに酔ひぬ

恐竜の背骨のごとく地を這ひて新幹線の工事遅れる

教室に笑顔と歓声湧き起こるマスクはづしたクラス写真に

薔薇・檸檬・鬱は書けるが空忘れゲシュタルト崩壊と生徒は呟く

壊さるる町家をみとる「おくりいへ」彩なす糸に心つなげて

金沢の空き家は夜の図書館に伴走するよと絵本を贈る

アイパッド

黒板をカシャリと写すアイパッドノートの代はりとマスクの生徒は

欠席の机は光に浮ぶ舟むなしき海と詠ひし女生徒

提言を無視して意固地に歪曲しプロパガンダの五輪に進む

おにぎりを百個むすびて掃除する女子マネージャーの瞳は清し

教室の最前列で質問する彼が四番かホームラン打つ

甲子園厚き扉をこじ開けて静かに語る感謝と想ひを

宣誓は言霊となり響みたり銀傘を超え大空超えて

檜扇は一日《ひとひ》の生に輝きてぬばたまとなる夏の終はりに

中秋は草木で染めしタペストリー砂漠の月を駱駝と眺む

喘息の薬を吸ひて薔薇を切る秋が隣でくさめする朝

大声で叱りて震へ目が眩み平静装ひチョークを握る

鉄骨の十字架光るグラウンド・ゼロ二十年を経て混沌果てなし

黄昏を抱きて眠る海に来ていそしぎの歌をハモニカで吹く

台風に秋明菊の細き首耐へて花咲く水割りの夜

石蕗の一斉に咲く黄を競ひ解散選挙の演説近し

夕焼けのテニスコートにブラシかけラフロイグ飲み酔生夢死へ

血圧と喘息花粉また増えて薬剤師とも仲良しとなる

センターから共通テストに名を変へて図表と資料の多き国語よ

蟹解禁娘に送るズワイガニ我は香箱熱燗菊姫

観音下《かねがそ》の黄色に輝く石切り場見上げる空に鷹の輪を描く

紅葉の葡萄畑に夕陽射し明日は剪定落葉をかきて

柚子蜜柑キウイも実る雪国に温暖化だよと友は呟く

合格を決めし生徒とグータッチ教師になりて母校に戻るとふ

白き太陽

鰤起こし安宅の海の灯台に急降下する白き太陽

気心の知れし仲間と酒を飲む年賀の言葉は風虎雲龍

ミサイルもＦ１５機も飲み込みて日本海は吹雪く荒波

廃校の椅子にまつ赤なペンキ塗り寒緋桜を活けて春待つ

残雪のテニスコートに光さし風花の中一人サーブす

生まれたての小鹿のごとく立ち転ぶ十五の銀盤赤き手袋

糸切れし人形のごと崩れ泣く絶望の舞氷の刃に

最後の授業

幸せな教員生活五十年最後の授業に花束受ける

定年後非常勤として十四年皆勤で終へ 教科書閉ぢる

毎日の授業は楽しく新鮮で若き感性に出会ひて学びき

満開の桜坂行く我が車に挨拶をする生徒の影見ゆ

遺骨には大きなボルトが光りたり大腿骨を折りし若き日

納骨は輪島の岬の丘の上葉桜遥か七ツ島浮く

漆黒と金に輝く地球儀にキーウとモスクワの灯火を探す

退職し天声人語を書き写す薔薇の漢字を忘れぬやうに

週二回元気でゐるかと声を掛け負ければ悔しい喜寿のテニスは

納骨を終へて和倉の優しき湯能登島望む加賀屋の朝餉

ミサイルの途切れる刹那に花植ゑる笑顔悲しきウクライナのひと

ぼこぼこと落葉を突き上げ続く穴土竜《もぐら》のトンネル地下の迷宮

丁寧な説明責任繰り返し傲慢となる聞く力の人

闘病をフェイスブックに綴る友アイスをなめる最後の投稿

雪雲と空の裂け目を歩く時日本海の波は砕ける

免許更新に認知機能を検査する書店に走り問題集を買ふ

十六のイラスト覚え思ひ出す七十五歳に課されし難行

合格と三年後にまたと告げられてすぐに始まる実車指導が

癖字まね大江健三郎と便箋に反戦非核を今こそ聞きたし

生き方を鳥《バード》や古義人《コギト》に問ひかけしわが青春の大江は逝きぬ

金沢大学附属病院

腹中の小悪魔暴れ踊りだす不快に耐へず新病院を訪ふ

検査終へ医師は静かに説明し大学病院を紹介すといふ

入院はテキパキ決まり一週間後症状知りて覚悟を決める

「私が治す」妻は気丈に宣言すコロナで面会禁止を嘆き

新しき門扉に威厳の大学病院トランク曳きて手続きをする

病室は朝陽の昇る東棟担当医師の「がんばりませう」に力みなぎる

看護師は我の話を笑みて聞きうなづきし後「ありがたう」と言ふ

車いすストレッチャーで運ばれる慣れを拒否する冷たき検査室

面会は禁止なれどもスカイプで妻の顔見る会話もできる

着替へのみ手渡すことが許される「毎日来るわ」と妻は張り切る

おしやれして笑みに溢れて歩み来る往復二時間会へるは一分

ポートより点滴流さる六時間今日から始まる恢復へ　の道

二日たち副作用もなく意気たかし朝陽に向かひ歌集を編みぬ

病状を語る人無き東棟点滴押して朝陽を浴びる

木曜日三時に始まる教授回診順調ですねと優しき目をして

退院し輝く車窓に見ゆる花黄色が目にしむウクライナも初夏

目標は歌集編むこと巴里へ行くテニスのディレクターやり遂げること

第二部

陽だまり

——家族を詠ふ

敦子

星たちのささやく冬夜オリオンの光浴びつつ世紀を越えぬ

五十年共に生き抜く誓ひ込め金の指輪の揃ひを求む

絵馬に書く言葉を探す妻とゐて春芽の萌ゆる三十三間堂

懼《おそ》れつつ妻は霊水掬ひたり霧雨の中音ひびかせて

妻の指に紫水晶輝けり霜晴れの朝韓国思ふ

木屋町に青き光の珈琲店妻と娘のゐて無言もたのし

白山の雪解水らし早き瀬に妻の手赤し手巾ひたして

息をのみ涙こらへて立ち尽くす妻の生家の道に変はれば

エリカの花

看護師とささやき交はす妻のゐて術後の夜の眠りは浅し

検査終へ妻と珈琲飲む店にうすくれなゐのエリカの花咲く

余呉の湖銀色の雨に魚はねて妻とながむる術後二年目

海はるか虹たちわたり声あげぬ被昇天の朝サン・マルコ広場に

朝まだき妻と巡りし石畳サンタンジェロ城霧に現はる

千本の桜の樹の下妻と行く悲恋の伝説弔ふごとく

海近き神社に二人手を合はす妻のは長し木漏れ日の中

香港に謎の肺炎流行す銀婚の旅大和路に替ふ

潮騒を聞きつつ拝む初詣今年限りの四人並びて

雪だるま蠟燭の灯に輝きてその上の星を妻と仰ぎぬ

土恋し凍てつく大地に蠟燃やし妻と雪かく息白くして

降りしきる雨

降りしきる雨に招待の人集ひ来る妻と迎ふる深き礼して

我が婚も雨の日なりと妻と飲む博多のバーのカクテル淡し

梅雨晴れの波打ち際を妻と行く夕陽に背中押さるるごとく

オリオン座流星群と波の音神話のごとく妻は眠りぬ

葡萄棚テラスに風と光浴びパン食む妻に雀寄り来る

掃除して見つけし下駄は輪島塗花嫁道具の蒔絵沈金

五分間玄関越しに面会す妻見て義父の目一瞬光る

鍵あけて静かな病棟陽だまりに窓を見つめる妻の背細し

振り返る笑顔に一筋涙落ち一日のこと愛ほしく言ふ

白山から安宅の関に虹わたり海恋ふ妻と貝殻拾ふ

料亭のテイクアウトのお弁当ステイホームで妻とお花見

湯たんぽを足で取り合ひ目は覚めぬ余寒の布団に丸く縮まる

玄関に妻は三つ指つきて待つ武士に隠居を告げるがごとく

コロンボを観ながらウトウト土曜日は香箱つつき妻と熱燗

冬空がほどけると妻はつぶやきぬ風花舞ひて白梅咲く朝

妻と我百数回の電話してつひに手にする團十郎襲名チケット

妻と行く春の兆しの残雪は青き風冴え蕾は固し

鮎子

チャペルに黄金色の銀杏敷きシェイクスピア劇は娘の卒業公演

卒業の花束清し雪の窓雛人形を娘らは仕舞ひぬ

切なきは疎水にうつる花筏妻と娘の肩に花びら流る

厨なる妻と携帯交はしつつ近江町市場を娘と駆けまはる

婚約の指輪と告げて箱あけぬ不意打ちの朝我のみ知らず

交際を認めて欲しいと絵葉書に北極圏のオーロラの地より

リズモアとふ城の名をもつグラスにてウヰスキー飲む娘の婚約の夜

メモとりて茶碗蒸しなど作るらし妻とはなやぐ娘の婚近し

冬桜風花のなか咲き初めぬ両家の宴つつがなく終へ

参列者なべて立会人といふ雨の博多のレストラン婚

腕組みてヴァージンロードに進み行く娘の肩を押すそつと未来へ

ドレス着て微笑む花嫁そのそばに下着姿の婿とわれ立つ

京に会ひ運命の糸手繰り寄せ今日ここに立ち婚は終はりぬ

娘のメール嫁ぎし名にて送り来ぬその人格の変はりしごとく

水仙と胡蝶侘助咲く朝に娘夫婦は年始に来たる

陽炎に白きパラソルくるくると里帰りの娘を妻と迎ふる

ゲートにて笑顔の娘手を振れば足取り軽くトランク引きぬ

北陸の酒一升を持ちて去る博多の男をまあよしとする

博多より鮨食ふために婿来たる香箱蟹と酒浴びて帰る

地鎮祭終へて翌日バンコクへの転勤決まりぬ淡雪降る朝

咲知子

誕生日ふと街角に立ち寄りて十八本の薔薇娘に贈らん

千歳飴持つを嫌がり泣きし娘のスーツ姿に笑ふ写真は

一晩中噴煙白き街に来てインターネットに知る娘の合格

光り満ち葡萄畑の見ゆる窓家具なき部屋に娘は夢語る

焼きたてのパン屋も近き学生街娘のアパートに朝を迎ふる

試合前ふと来し娘とテニスする喜び励ましボールに込めて

敗者には美しきもの見ゆるらし涙の後に感謝告げをり

桜咲く日を待ち生まれし娘の涙かけこし電話切れど気がかり

葡萄棚見下ろすアパート四年経て最後の鍵掛け娘は黙礼す

アパートより運ぶ荷物の中にして娘のオルゴール不意に鳴り出す

娘ら巣立ち今年の桜七分咲き笛の音流るる浅野川の宵

手術終へ娘の病室に妻とゐる鳩舞ひ降りる夕日のベランダ

松葉杖つきて見送る娘はいつもエレベーターの前にて別る

背の高く能登に生まれし青年と娘は歩むらし桜に照らされ

娘の婚に日本中から集まりし大学テニス部のエールは響む

酒飲みて饒舌となる我と娘の焼き鳥食ひつつ組織を語る

娘の花壇淡き色にて満ちてゆく都忘れは我の庭にも

挨拶で涙を流すことはなし原稿書くとき泣いてゐるから

第三部

産声ひびく

――孫の誕生

産声ひびく

如月の一番星に見守られ空ふるはせて産声ひびく

琴寧さん

初孫の誕生は難産だった。暖房の消えた待合室で毛布に包まれながら今か今かとかたずをのんで妻と待った。娘たちの誕生に立ち会わなかった私にはどこか後ろめたい気持ちが付きまとっていた。琴寧さんはひと際大きな声でこの世に誕生した。三千六百グラムを超える立派な赤ちゃんだった。ピアノの名手琴寧さんは美術部で活躍している。

神聖な叫びのあとの静けさをやぶりて聞こゆる産声清し

葵子さん

母親の咲知子の叫びは病院中に鳴り響いた。一瞬静寂が訪れ、そのあと穏やかで可愛らしい産声が響いた。ホッ卜安堵する空気が流れ妻と顔を合わせて何度もうなずいた。葵子さんは文学少女に育ち家に閉じこもりがちだったが、今はボート部に入り、大自然のもと選手として活躍している。

雪間より白山輝く浄き日に光を抱き孫は生まるる

詩織さん

この年は雪が多く、北陸特有の重苦しい天気に覆われていた。詩織さんが生まれた日は一日中光が降り注ぎ、天が誕生を祝福してくれるかのように思えた。白山はキラキラと神々しく輝き、生まれたばかりの詩織さんを見て妻は、「あらー、この子美人さんになるわー」とつぶやいた。料理が得意な詩織さんは家庭部に入るという。

満開の桜の花に抱かれて母と同じ日みどりご生まる

賀子さん

母親と娘が同じ日に誕生するという確率はどのくらいなのだろうか。賀子さんは四月十六日、母親と同じく桜が満開の日に生まれた。私と妻には娘が二人、その娘たちにも二人ずつ娘が誕生した。2の6乗分の1の確率ですねと笑われた。その賀子さんはテニスコートを走り回っている。

孫たちを詠む

梅雨明けて夏燕の群れ旅立つ日虹立つコートに孫とテニスす

金星と月が寄り添ふ夕焼けはお握り頬張る孫とテニスへ

確率は二の六乗分の一ですね笑ひに囲まれ孫娘生まれる

「あらーこの子美人さんになるわー」と妻叫ぶ生れしみどりご光をまとひて

娘と孫と六度継がれし七五三加賀友禅の四季の花着る

窓の外ジイジとバアバが消えて行くサンダーバードは別れの特急

休校の日々は続きて孫と行き「コロナバイバイ」海に叫びぬ

修理した万年筆の戻りきて「檸檬」と書きて孫と楽しむ

飼猫にジョーと名付けてジャブを打ちひねもすじやれる休校の子ら

眉間《みけん》剃り校則違反と処分され孫娘泣く人権無視と

眉と眉眉間《みけん》も眉と言ひ放つ生徒指導は若き女教師

妻も泣き博多の長女の電話聞き孫が不憫と夜も眠れず

校則の共通理解の無き処分人権問はれ黙す教師ら

納得はせぬが親の姿見て気持ちは晴れたと孫の声聞く

祭壇は白と紫能登の波折り紙の花に「おおじありがたう」

ＬＩＮＥにはすぐに優しき返事きて「シーシーのお料理見てね」にいいね

色白く文学少女の葵子ちゃんが中学生となりボート部選ぶ

両手にはごつごつとしたまめだらけオールはかう漕ぐと得意げに説く

魚跳びて風切る空に鰯雲ボートは進む掛け声合はせて

最後尾しかしずんずん近づきぬ岸辺の声援波立つ水面

第四部

西王母の花

角館

哀しみと人生すべて包み込み母の聴力失はれゆく

喜寿過ぎて訛り強めし母の里角館に降り生家尋ぬる

吹雪く野に吾を待つ母の後ろ影少年われの心象風景

忽然と去りし黒猫を偲び泣く母の背細し風強き夜

初めての機上の人となりし母雲まとひたる富士に手合はす

大正と昭和と平成生き抜きし母の兄妹四人はうつくし

秋雨と読経のなかに嗚咽する谷中安立院に母の背まろし

手を引きて銀座の信号渡る母童女のごとしビルに風吹く

腰伸ばし猛獣使ひになりし母赤き紐持ち子猫を操る

年ごとに味の濃くなる雑煮かな元旦の朝母にたまひき

集中治療室

救急車闇を突き抜け近づけり「家にゐたい」と母は呻きぬ

「オフクロ　ガンバレ」大声で叫ぶ集中治療室母の心臓動き始める

意識なき母に声かけ髪を梳く若き看護師を天使と思ふ

人工の呼吸に眠る母植ゑしうすくれなゐの西王母咲く

見つめあふ母の瞳は意識なしと医師は言へども深く澄みたり

病窓の一番星に導かれたらちねの母眠りより覚む

笑ひたり赤子のごとく笑み給ふ孫つどひ来し母の病床

病窓にふたご座流星群尾を引きて消えゆくものは哀しく美し

点滴に二ヶ月耐へし母の腕細く枯れたり爪のみ伸びて

容態は安定といふ停滞か山茶花散りて冬は来たりぬ

ひそひそと集中治療室を訪ふ人は過去のみ語りて煙のごとし

静寂と駆け足号泣囁き声集中治療室の日常にも慣れ

西王母咲く

母倒れはや一年は過ぎにけり西王母咲く紅淡く

まどろみて母の寝息を聞く病室《へや》は羊水のなか漂ふごとし

寝ねもせでゆかたを縫ひし母なりき今眠り給ふ胎児のごとく

生きおはすただそれのみに安堵するその母は今死にたまふなり

眠るごと母は菩薩になりたまふ蟬鳴りはるか時止まりたる朝

整列し深き礼する看護師らバックミラーに映り離るる

おくり人母に口紅薄くひき棺は白に満たされてゆく

通夜の席僧侶は詠みぬ我が歌を涙とはかく悲しきものか

位牌持ち車窓より見るまぼろしか蓮華浄土を白き蝶舞ふ

斎場の幽かなけむり北へゆく母の生まれし角館の空へ

遠花火海の彼方に消えゆきぬ岐阜提灯のゆるる初七日

母と来て銀座のビルの真上なる一番星をともに語りき

悲しみを越えて手あはす四十九日仏となりし母と生きなむ

空港のシステムダウンで遅れしとふ九十歳の伯父読経の中着く

秋蟬の声

白山のはるけき墓に母入りぬ秋蟬の声冴えわたる日に

二十年父が待ちたる墓に入る母の骨壺はにかむごとし

母逝きて遺影のほほゑむ仏壇に胎児の成長告げて娘は涙す

コスモスの揺れる野原に蝶舞ひて遠嶺は暮るる母の月命日

母逝きてたまはる命みどり子を膝に抱きてまどろむ春の陽

第五部

軍靴の迫る

――朝日歌壇入選作品

カツカツと軍靴の迫る音響き白泉の句を黒板に書く

紛争の世代に生きし友の来て酔ふためのに飲み諍ひて別れぬ

身を反らし赤き和金が飛び出しぬ強行採決の寝苦しき夜に

戦闘機迫りて傾き点となる米軍移転の間近き基地に

雪降れば色鮮やかになる不思議山茶花の赤冬青《そよご》の赤き実

降る雪に海鳴りはるか能登の通夜冬の蛍は闇にただよふ

避難所の人みな人を気遣ひぬ人とはかくも美しきかな

失ひし声震はせて賜はりし寛仁親王杯コートに輝く

退職し鬱になる友学ぶ友酒乱になる友微笑美しき友

カヌー漕ぐ湖面に浮かぶ名月に白山連峰青く際立つ

白山の初冠雪を右に見て光の中をカヌー漕ぎゆく

教卓のアクリル透して再開す『檸檬』の朗読マスクに籠もりて

市街地をさ迷ふ子熊の声探し親は撃たれぬ校庭の隅

『蒼ざめた馬』の文庫を手に丸めロシアを恋ひて留年決めた日

ハヘ一匹通さぬやうに封鎖せよと地下には母子あまた集ふを

漕ぎ手たちボートを肩にひょいと持ちタッタと歩む光る水辺に

ジャーナルはキャンパスで読みデモに行き週刊朝日は夜行列車で

あとがき

六十歳で『燎原の火』を出版してから十五年を経て、第二歌集『朝陽』（てふやう）を刊行することとなりました。

この十五年を振り返ると、小松大谷高等学校の非常勤講師として七十四歳まで教壇に立ち続けることができたことが一番の喜びであります。毎日の授業は楽しく、若い感性に触れることができて充実していました。短歌コンクールに応募して優秀な成績を収めた生徒の笑顔は私の財産です。私は「心の花」に入会し、新鮮な気持ちで短歌に向き合うことにしました。『朝陽』の第一部は「心の花」に掲載された作品を中心に編集しました。

地元の小松ジュニアテニスクラブに携わって三十年になります。幼稚園児から中学生までが夜七時から九時まで、元気で楽しく基本と技術を学びます。この二十五年間連続して全国大会に出場しているのがちょっとした誇りでもあります。三十年の歩みと成績をまとめた小冊子を刊行する準備を進めています。

私自身も高校時代の仲間たちと週二回の練習会を始めました。本格的にテニスをプレーするのは数十年振りで筋肉痛や軽い肉離れに悩みましたが、そこは負けず嫌いの集まり、二時間みっちり実践形式の練習を積み、「芦屋グランドベテランテニス大会」へのお誘いを受けて出場するまでになりました。この大会での一勝がテニスの目標です。

腹部に違和感を感じ、いつもの病院を変えて相談したところ、検査に次ぐ検査の結果翌週には即、金沢大学附属病院に入院ということが決定しました。八階東棟の窓からは夜明けを告げる「朝陽」が降り注ぎ、私の不安な心は癒されてゆきました。ある日は山際を黄金色に輝かせて病室に注ぎ、またある日は雲を紫からピンク、橙色に変えて私を驚かせました。「朝陽」には希望や明るい未来を感じさせるイメージがあり、歌集の名と決めました。

大江健三郎『恢復する家族』には、次の言葉があります。「人間が——あるいはその家族が——病気になり、そこから恢復してゆく過程に、本当に人間らしい喜びや成長や達成があると思う」。第二部から第四部は私が家族を詠んだ歌をまとめました。

紅書房の菊池洋子さんからは、丁寧で的確な助言を頂きました。心から感謝しています。

二〇二三年六月十日（妻の誕生日）

沢野唯志

沢野唯志　略歴

一九四八年　二月二十六日新潟市生。
一九七一年　同志社大学文学部卒業。
二〇〇八年　石川県立小松明峰高等学校定年退職。
二〇〇八年　北陸大谷高等学校非常勤講師として赴任。
二〇〇八年　歌集『燎原の火』発刊。
二〇〇八年　石川県高等学校文化連盟文芸コンクール審査員。
二〇〇八年　埼玉インターハイ会場にて水彩画個展。
二〇一〇年　全国高等学校体育連盟テニス部特別功労賞。
二〇一三年　小松市テニス協会会長・石川県テニス協会副会長。
二〇一四年　小松市テニス協会文部科学大臣表彰。
二〇一五年　小松市小・中学生文芸コンクール審査員。
二〇一九年　スポーツ功労賞石川県知事表彰。
二〇一九年　スポーツ功労賞小松市長表彰。
二〇一九年　小松文芸編集委員。
二〇二二年　小松大谷高等学校退職。

現住所　〒九二三－〇〇六一　石川県小松市国府台三－二十五

歌集　朝陽（てふやう）　奥附

著者　沢野唯志＊装幀　木幡朋介＊発行日　二〇二三年九月二十八日初版
発行者　菊池洋子＊印刷所　キャップス／明和印刷＊製本所　新里製本
発行所　〒一七〇‐〇〇一三　東京都豊島区東池袋五‐五二‐四‐三〇三
紅（べに）書房　info@beni-shobo.com　https://beni-shobo.com
電話　〇三（三九八三）三八四八
FAX　〇三（三九八三）五〇〇四
振替　〇〇一二〇‐三‐三五九八五

ISBN978-4-89381-364-0
Printed in Japan, 2023